TTS新書

いにしえからの素描

第10集

金田一美

東京図書出版

まえがき

小さな白い雪が落ちてくる
風に吹かれて落ちてくる
温かな大地に落ちてくる
静かに落ちる……白い雪だよ

夜明けから降り続く……もう何時間
この白い雪とどまることがない
底知れぬほどに降り続く……
黒々とした大地が覆われる
大地の温もりが消えていく
真っ白い、大地の世界を作り出す
大地の雪景色……美しすぎる

雪の行動が鋭い……白い雪の自然
太陽も遮断し降り続く……
一瞬にして新しい自己の世界になる
今朝のことはすべて忘れ……
新しい白一色の自分を作り出す
いま、ここに自分が誕生したんだと
……一瞬、一瞬変化してやまないと
生き物すべてに教えているよ……

太陽が顔を出し、遠い所からの恵みだ
輝く太陽……心の温もりだ
生き物すべてがもらうのだ
声も出さずに受け止めていく
雪を解かすのも太陽だよ……
知らぬ間に始まり……知らぬ間に終わる

このエネルギーの時の短いことだ
雲が天を覆いだす……無言のままで
晴れ間がなくなった……冷え冷えの午后の空に

とどまりはしなかったんだよなぁ……この白い雪
どんなに願ってもとどまらない……この自然
過ぎ去ったこと忘れるしかないんだと
いま……白い雪が落ちてきだしたよ
早い、早い「あっ」という間に

（作品1901号）

夏の花って何だろう……
ヒマワリの黄色の花を連想する
目立ちたがりやの、大きな花
負けず嫌いだ……午后に咲くなんて
猛暑に向かう無口な気丈さだよ
忘れかけた……朝顔が伸びだしている
細々としたツルで咲いている……
朝の光に、薄い紫の色がお似合い
涼しさを呼び寄せて嬉しそうだよ
好きな花、どんな花……心に残ってる
継続することの厳しさだよ！　夏がくれば花を咲かせる……目立った様
子もなく毎年、毎年咲いている。どの花の種から花を咲かせたのだろう
……わからない。秋風が吹くころに種を落とし、大地と共に生きている

のです。予知するわけでもなく、知らず知らずに自分の顔を作りだす
……

（作品1902号）

……白いススキが揺れている
……一瞬もとどまろうとはしない
知らぬふりして、流れているのさ
あ、あ……生き物の憐れさよ
大地のつぶやく声に気づかない
まだまだ、こんなにも温もりがあるよ
生き物たちよ……大いに生きろ
枯れそうで枯れないままだろう……
しっかりとした根、支えてる大地だぞ

それぞれに、それぞれに生きていけと
埋没されたくないんだよ！　生きている……それぞれに生きている。四
季が変わるごとに、生き物全てが共に生きている。知らぬ間に変化させ
ている……春夏秋冬。宇宙だって不思議なんだ……地球だって不思議な
んだ。埋没されず生きているのが、生き物なんだ

（作品１９０３号）

立冬を過ぎても……なお、晩秋
まだ、まだ、暖かさが広がっている
冬らしい、空気が流れない
見上げても、空は青い
子スズメにとっての初めての冬……
経験もなく、不安でいっぱい

何をしていいのかわからない
ぼんやりと時を過ごしている
自分のことは自分でしろと……
じっと見ているだけだよ……親は
なかなか決断できないのだよ！　生きるって何だろう……親もわからな
い。飛べる楽しさだけしかないのです。変化する四季わからない……。
満足する環境わからない……。その日暮らしの子スズメなの……朝、目
覚めて飛べればいいのだ。小さな羽ばたきで、自然にまみれているのさ

（作品1904号）

木々も丸裸だ、枝だけになって
寒いなぁ……今朝も寒いぞ
空気も冷えびえ、震えるなぁ

エサらしきもの……ほんとうにないよ
美味しい木の実……どこにいったの
落ち葉の中に隠れているのかなぁ
見つけるのに大変なんだ
あっ、一つ見つけたよ……どんどんあるよ
素早く口に、くわえ込み
素早い動きで巣穴に運ぶんだよ
小さな木の実が命なんだよ！　越冬する時季がきたのだと……自然が静かに教えだす。少しでも美味しいものを食べたい……木の実をこよなく愛する小さな生き物たち。協力しながら食料探しなさい……どこかに探し物があるのだよ。生きる望みを小さな木の実に託してごらんと……

（作品1905号）

朝というのに……真っ暗い空だ
星も月も太陽も見えない
今……自由を得たんだと
広々とした空間に飛び出していく
生きるため、僕らは自由になった
この瞬間を待ち望んでいたんだ
初めて味わう……澄んだ空気の世界
僕らの夢、こういう世界で生きていたかった
小さな、小さな密室……淀んだ部屋だ
僕らにだって明るい未来あるだろう
生き残るのは、億分の一だろうか……
空気中に広がるのだよ！　ここはどこ、不思議なぐらい広々とした広がりがあるのだ。霧になり消えたって仕方がない……生き延びるのに躍起

になっても仕方がない。生き延びるために自分を変える……夢があり、未来が開けだす。大胆な行動を生み、生きるための一つの知恵が湧いてくる

（作品1906号）

どこで生まれてきたのだろう……
山を下る水だよ、絶えることがない
生まれて間もないだろうなぁ……
小さな谷間にたどり着いているんだ
汚れを知らない清らかな水
癒やしてくれる……澄み切ったまま
自然の流れに逆らえない……
狭い岩の間を急激に走り出す

大きな岩に白い波が弾ける
一時さえも変わらない……流れなんだ
生きている水なのだよ！　渓谷の水、一定の水で流れている。多くもなく、少なくもない。自然が生んだそのままの姿で流れている。それに合わせて生きている……小魚が泳ぎ、植物が育つ。知らないようで、知っている……絶えることがない水。喜びも悲しみも与えてくれているからだよ

（作品1907号）

早いなぁ……もう十一月の末だよ
この暖かさ何だろう……いつまで続く
枯れようとはしない……夏の雑草
まだ、まだ咲いている……コスモスの花

いにしえからの素描

夕日に映えて輝くススキの群れ
生きている……自然の植物が
もう、咲きだした……菜の花を見つけ
風に揺られ綿毛が舞いだすタンポポ
陽だまりに芽を膨らました……スイセン
どう表現すればいい……春、夏、秋、冬
霜が降りてこないのだよ！　大地が温かいのだろう……枯れそうで枯れない植物。季節を一番よく知って、敏感に反応している。止めることができない大地になっている。春に咲いた花が、また春を先取り……今咲いている。不思議な花の世界を生み出し始めている……

（作品1908号）

初冬の空に流れる……白い雲

自由だ、のびのびと生きている
なすこともない……広々とした空
西の果てからどんどん押し寄せる
静かに、静かに覆いだしたよ……
雲の世界も生きざまが様々だ
動き出すよ……どこいく雲になるんだ
体当たり、切り裂かれ、消えてしまう
新しい雲の威力、すごいエネルギッシュだ
ちぎれだす雲……もうすぐ終わりだよ
激しい流れなのだよ！　青い空で生きる、自分ではどうしようもない
……どう生きたらいいのだろう。太陽あり、風あり、一瞬にして自分が
自分でなくなる……どうなっていくのだろう。果てしない宇宙の大きな、
大きな変化を生むよ……信頼しかないのです

（作品1909号）

もう……薄暗い
棲みかに帰る……鳴き声を響かせ
黒い塊になり、空を飛ぶ
異様な黒い集団を作り出す
響くんだよなぁ……ガァ、ガァと
これ……コミュニケーション
雑談ではないだろう、何かの合図
前を飛ぶカラスはお先にどうぞ
ついてくるのは自由気ままに
家族であったり……仲間だろうか
家路はまだまだ遠いんだと……
飛ぶ楽しさがあるのだよ！　楽しく生きてる証しが夕日にうつる。鳴き声を発すれば心強くなってくる。一羽で飛べば孤独が押し寄せる……。

群れで飛ぶ……楽しさ、連帯感、勇気をもらい、安らぎを生んでくれる。
新しい「生き方」の世界が開けてきそう……明日の朝、どんな輝きだろう

（作品1910号）

運動をなくした……コオロギさん、バッタさん
目覚めても……まだまだ薄暗い
大地が冷えてきているのです
どうして急にいなくなってしまったの
霜が降りるのを察知したのだろう
空も……灰色の雲が迷走するよ
スズメたちも、とぎれとぎれの挨拶
遅くなり、弱々しくなった……朝の輝き

霜が降りれば働けなくなるよ
……アリさん、無言で動き出す
四季は動いているのだよ！　生き物の感覚はすごい……四季の動きを察知し、自己の生きる能力を生んでいる。知らなくていいのは知らなくていい……。今、どのような状態で生きているかを「信じて」いる。なぜ死んだ……次へのバトンタッチ。四季を肌で感じているのだ……

（作品1911号）

わずかな時に、わずかな夢がある
七色に輝いた……美しい虹だよ
真夏の夕立がくれた、プレゼント
一瞬に作りだしてしまう
見事な早業……その姿

大きな、大きな橋なんだよなぁ……
あんな橋……どうしてできるのだろう
あの橋……渡れるのだろうか
下から眺めてみてもわからない……
飛んでみたら、もっときれいだろうに
心を癒やしてくれるのだよ！　蒸し暑い真夏の午后だよ……自然を愛しても、卑しさを感じない。心にも見えない敵との闘いだ……もどかしさがある。一瞬、一瞬変化している自然……広い、広い自然だ。一度、立ち止まってごらんなさい。心に映る、広い自然に戯れてごらんと……

（作品１９１２号）

黒々とした何もない畑の真ん中
ぼんやりと……終えない空しさに

明日の段取りもできない……
暖かかった午后の陽ざしだ
もう……騒ぎ出す虫たちもいない
もう……師走になったんだよ
急激に鈍くなっていく輝きだ
……冷たい風が芯までとどく
……無言のまま、突き抜けていく
静まり返り……燃え尽きる
音も聞こえないのだよ！　ひたすらに働き続ける……一年三百六十五日。この畑を耕す……これが命なんだ。寒さ、冷たさ、暖かさなど眼中にない。ひたすらに一つのことをやり遂げる……天がくれた職だ、僕にはこれしかできない。静かなる沈黙、明日へのご褒美かもしれない

（作品1913号）

野辺の道に転がっている
カラスの死骸が一羽……
飛んでいる途中の出来事だろうに
死など、予想しなかっただろうに
生と死を……一瞬にして味わう
息ができなく……そのまま落下
哀れな姿、そのままの姿だ
もうすぐモクズになってしまう
あ、あ……なんという悲しさ
……自由など一気に吹き飛んでいく
生き物、急死だよ！　生きている……なんと、幸福なんだろう。今、生きていることに感謝する。急死がどこで、どう襲ってくるかわからない。一秒先だって、自分でわからない。生き続けていく……わずかな命だから。自分もそうなることを知っているのだろうなぁ……

(作品1914号)

枯れ草の中に大きな目玉がある
よく見れば……生きている
じっと耐え、動かない
一匹ではない、二匹も三匹も群れとなり
孤独から身を守っている
皆……よく太ってる
よく食べたのだろう……
どこに……そんなエサがあったんだろう
バッタさん、気候があったんだろうか
……冬、越せる……

見つめた動きだよ！　気候の変化、容赦なく大きく変わりだす。予測できない自然、経験則では測れなくなった……春夏秋冬がわからない。自分から死を選べない……哀れなる小さな生物たちだよ。あ、あ、どうしよう……気候の変動が死を突き付けるのだ

（作品1915号）

冷たいなぁ……山の水
奥深い山で生まれたんだよ
それも一滴、一滴しみだしてくる
湧き出すのだよ……コンコンと
岩や、木々の間から……
尽きない、尽きない、永遠に尽きない
何も知らず、湧き出してくる

何も知らず、流れだす
地球がくれる大切な命なんだ
……自然のままの清らかさ
流されるままで母の故郷へ帰るよ
無言のまま、流れ出すのだよ！　淀みなく流れていく……絶え間ない流れだ。大量に流れることはあっても減少しない。浅瀬をサラサラと……サラサラと。自然がもたらす雨……どうにもならない。一瞬たりとも止まりはしない……ありのままに流れて行くのです

（作品１９１６号）

枯れ葉の中に映える時がやってきた
……最後の最後に見せる
今、自分が生きている……

それは、光の魔術師の施しだ
輝いた……わずかな時の出会い
時がつくりだす、紅葉の鮮やかさ
時を過ごせば……もう、終わり
枯れ葉の元の茶色になっている
……晩秋が駆け足で去っていく
低い山にも、色づくモミジが……
まだ、まだときめいてほしいのだよ！　見慣れた風景に美しさがあるん
だよ……。晩秋の低い山にもドラマが待ち受けている。それぞれの木々
が、それぞれの生きざまを披露する。耐えてきた自己へのご褒美……終
わりではなく暖かくなる春への期待なんだ。新しい芽……どんな生き方
をするのだろう

（作品1917号）

重たそうな黒い雲になり
空気が寒い……音もなく流れてくる
嫌な予感が広がりだした
カラスの朝の目覚めだ、挨拶だ
鳴きだしたぞ、朝の勤めが
あたりかまわずやかましい
一度鳴いたら、それでいい
二度、三度と叫ばないで……早く飛んでよ
目覚めないでいる……スズメたち
朝の挨拶……それぞれに違うんだと
鳥たちの朝の時間だよ！　今、朝の挨拶……カラスの時間。邪魔されたらたまらない……自己主張の叫びだよ。自分の鳴き声……聞いたことあるんだろうか。聞けば不思議に思うだろうなぁ……それぞれの世界を作

り出している鳥たちの世界だよ

（作品1918号）

いつまで続くのだろうか……
乾燥した大地だ、青い空だ
照り付けてくる太陽、真上だよ
あ、あ……哀れなる畑なんだ
耕せば……もうもうと泥が舞う
叫びだす、小さな畑も広い畑も
一瞬にして……先が見えない無常さだ
目も開けられない、視界ゼロだ
額にもほおにも泥がはびこんで
呆然とする……畑の真ん中

雨がほしいのだよ！　もう……雨から見放されて久しいよ。小さな畑……何を植えたらいいの。畑の生き物……小さな虫さん、どうなるの。夏の雨……大地に必要なんだ。夕立だって降ってくれない今年の夏なんだ

（作品1919号）
枯れた草の上を見てごらん
霜が降りている真っ白だ……
寒い朝を知らせているんだ……
この真っ白さ、わずかな時間だ
この真っ白さ、気づいているかなぁ
太陽が昇るほどに……消えていく
小粒ほどしかない……命だよ

弾ける……弾ける、水の球に
今……感動してほしいんだ
七色に輝いている水の球だよ
自然が織りなす、自然の生き方だよ
すぐに消えだすのだよ！　冬の早朝に自然が織りなす現象だよ。太陽が
昇れば、消えて水滴にかえられる。自然同士の一つのバロメータを作っ
ているのだろうか……自ら体験し、自ら生きている。寒さを知っている
自然、生き物に教えている気がするよ……

（作品1920号）
珍しい強風がやってきた
さぁ……飛び出すのだよ
強風にあおられて飛ぶのだよ

強風がくれる、あのスピード
強風が呼んでいる、あのワクワク感
今、自然がくれているんだ……挑戦だ
矢継ぎ早にやってくる……その速さ
迷う心など、どこにもないぞ
さぁ、今なんだ……飛んだぞ
「あっ」という間に墜落だ
果敢な挑戦……終わった

初めての挑戦なのだよ！　……この感覚、どこから生まれてくるのだろう。小鳥たちの生きることへの挑戦だよ……強い心、折れないんだ。遊び心にも真剣さがある、夢中になって我を忘れている……冒険心だよ。

静から動へ、動から静へ……じっと見つめるまなざしがある

（作品1921号）

真っ暗い……東の闇にシグナルだ
宇宙の果てからのシグナルだ
少しずつ、少しずつ……光りだす
肉眼でとらえた、線香花火だよ
この嬉しい悦び……どう捉えればいい
自然は静かに、静かに……深い眠りに
まだ、まだ夜が明けない朝の世界
黙したままで時を刻みだしてくる
一日たりとも変わらない行動だ
今日の天気……晴れた空
邪魔をするのは……自然だよ！　この自然現象……毎日、毎日繰り返される。一秒だって止まったことがない。止まればどうなる、地球どうなる……太陽の偉大さだよ。黙々と動き続ける宇宙……考えたこともなく、

気づかないことが多い。だんだんと大きな息を吐きだしてくる朝を迎える

（作品1922号）
冬の演出、それはうますぎる
昼の暖かさ……もう、戻らない
気づいたのだろうか……カラス君たちよ
さぁ……寒い、寒い冬将軍の到来だ
黒々とした大地が叫び出す
気づかないように、変化する空だ
静かに、静かに押し寄せてきているぞ……
早く、安心なねぐらを探したらいいのになぁ
寒さに耐えきれなくなるぞ……

よく見るがいい……すべて丸裸の木々だろう
今夜のねぐら、激しく揺れ動くだろうに……
生きていくカラス君たちよ！　生き物たちは前を向いて生きていく。過
ぎ去ったこと、振り返ってもわからない、考えない。今夜のねぐら、面
倒でも探してほしいなぁ……土手の枯れ草の中でもいいだろう。自分の
生きている世界は自分で作るしかないんだ

（作品1923号）
ゆっくり、ゆっくり雲が行く
風に流され、果てなく流れる
もう……ここが限界だろうか
ゆっくり、ゆっくり止まってしまう
一瞬に変わる……この離れ業

どこで、どう自然の力が作動したの……
あれよ、あれよという間に……方向転換
気づいたら大きな勢力なんだ
自然が織りなす不思議な力だ
真夏の海の離れ業……今、北へ
時間がかかるのだよ！　あなたの生き方、変えたことがある……。なか
なか方向転換を図るのは、難しいようだなぁ。自然の世界では日常茶飯
事だよ……。過去を引きずって生きることがない……一瞬、一瞬生きる
ことを決断する。今、すべてを捨てて生きる、当たり前の筋道で生きて
いくしかないんだ

（作品1924号）

目を輝かしてきたよ……小さなカニが

さざ波ではないぞ……大きな波だ
風と波が一緒だ……荒れ狂う
怒濤になって……激しくなった
走る、走る、狂ったように走る
あ、あ……どうにもできない
もぐる、もぐる……砂の中に
砂の中を自由自在に動いてる
波も海も捨てているんだ
この荒れた砂のどこかにいるんだ
激しく動き出した波だよ！　波にだって静と動があるんだ。動きを忘れたかのような波もあり、風を伴い、狂った波になる。波が動き出せば、海が生きてる証しだ……海の正体だ。荒れ狂ってエネルギーを発散してしまう。静だけでは生きられない、動を取り入れていく……二面の波が生まれだす

（作品１９２５号）

老いの喜びって何だろう……
子どもの無邪気さ……目に沁み込んで
生きる夢よ……あるのだろうか
もう……忘れてしまっている
あの青春の中に輝いていたのに
鋭い牙で、寒空に広がる青さで
おおらかな心が天馬のようだった
今……黙したまま語ろうとしない
ついえてしまった……青春の日々
おおいに語り合ったのに……戻らない
あ、あ、何をしたらいいのだろう
口を結んだままだよ！　いつの間にか夢を追いかけることを忘れてし
まった……あ、あ、残念だなぁ……。なくした夢……それは自分自身で作るものだろう。夢が長ければ長いほど、喜んでやってゆこうとするだろうなぁ……。ゆっくりとした一歩でいい……自分の心だよ、自分しかできないことだよ

（作品１９２６号）

インフルエンザが聞こえない
……冬の真っただ中だよ
ゼロのインフルエンザ……
不思議な冬がやってきたんだ
……コロナウイルスの蔓延
寒くても、暖かくても生きられる
年がら年中、変異してやまない
どんどんと強いコロナウイルスを生んでいる

空気中を独占、感染が止まらない
いつ出てくるの……インフルエンザよ
戦いいつまで続くのだよ！　コロナウイルスだって生き物なのだ。コロナウイルスの底知れぬ強さが地上を覆っている。ウイルス同士の共存など現れたりしない……どちらか一方だ。防衛だって打つ手なし……どうすればいい。見えない敵との戦い、終わりなき戦いだ

（作品1927号）

飛び出そうにも、飛び出せない
じっと待っているのです
狭いねぐらの屋根裏で
浮かんでいる雲、くも、雲
見てごらん……真冬の雲になり

流されるたびに、にらめっこだ
ちりぢりになって別れていく
でぇんと居すわった冬将軍だよ
冬の太陽さん、淋しそう
少しだけ勇気をだして飛び出した
生きている証しなんだよ！　真冬になれば活気が消えかかることが多いんだ。冷たい空を見てごらん……勇気がわかないのだよ。自然の変化、それは一瞬に変わるだろう……朝、昼、夕と。寒くてもタイミングを見つける……大切なのだ。飛び出せば憂鬱さなどなくなりスッキリした気分になるのさ

(作品1928号)

早春の風が吹いてくるよ……

春の嵐が近づいてくるよ……
風も、雨も、木々も……狂いだす
冬よ……さようなら、さようならと
別れ、新しい世界が生まれくる
それも……矢継ぎ早に生まれくる
目まぐるしい日々の繰り返し
今、生まれたばかりの春の出会い
もうすぐ自分の出番だと
雄たけびをあげる花々が待っている
何がいいのか、わからないのだよ！　春夏秋冬……同じ自然はない。常に変化し、常に何かを与えている。風が崩し、風が作り……雨が壊し、雨が作る。自然の何が得し……何をなくしているのだろうか。自然の動きを、どう取り入れているのだろう……。春の華やかさ、研ぎ澄ました感覚が解き放される

（作品1929号）

コロナウイルス、寒さにも暑さにも強い
北からも南からも、東からも西からも
猛威をふるい、地球を駆け巡る……
スピードが速い、速い、すごい感染能力だ
休まる暇もなく、一分一秒を競う
悲鳴だよ……甘いことなど許されない
生きるか、死ぬか、その攻め合いだ
一瞬にしてそれが事実となる
今……ここで、どう対処する
明日どうなる、わからないまま
もう、どこかで亡くなっている
あ、あ、哀れなるかな……人々よ！　手の施しようがなくなっている
……コロナウイルスとの戦い。一瞬のうちに空気に放出され、見えない

まま感染拡大。棲みやすいのは都会だ……人々の多い所にはびこってい
く。絶好の機会をくれて喜んでいるよ……。豊かな社会が生んだ歪みか
もしれない……

（作品1930号）

早朝からやってくる
広い、広い……青い空になる
白い雲など見当たらない
じりじりと焼き付きだした……
真夏だ、猛暑だ……いつまで続く
鳴きだしたセミさん、鳴き止んだ
働きアリさん、木陰での仕事だ
耐えきれない……嘆きだす

あ、あ……今日をどうすればいい
もう、かえらないのだろうか……島の夏だよ
蘇らないのだよ！　島の美しさ……四季の変化にあるんだよ。地球の温暖化どこまで加速していくのだろう……。生き物から受けていた心の癒やし……今、消えかかる。良くも悪くも、身近な自然の生き方をどうとらえるかなんだなぁ……

（作品１９３１号）

僕らは「勝っ」たんだ……
今、この人の肺にいるんだ
だけど、飛び出すことができない
僕らは……どこへいけばいいの
僕らもこのまま死んじゃうの

死神になるのだろうか
なんと恐ろしいことだろう
楽しく愉快に棲みついていたのに
……行き場所を失くしてしまった
ここ天国、それとも地獄
このまま、ここで眠るしかないの……
生きるとは何だよ！　この広い空間で生き続けることができる……わからないままに。見えない微粒子のコロナウイルス、棲みよい人を見つけて楽しく生きている。コロナウイルスだって生き物だよなぁ……仕方がないことなのだ。どんな生き物だって、一秒先はわからない……わずかな時間、活動しているのさ

（作品１９３２号）

冷たいなぁ……寒いなぁ
ゆるやかに流れだす冬の空気だ
いつ急激な寒さが訪れる……
どんなに寒くても、凍らない
木々の梢が揺れ、動きだす
寒気もだんだんと近づいてきたよ
……無常のまま通り越してほしいなぁ
春の喜びになる、一つの山だ
この峠を越そう……耐え忍ぶのだ
新芽が樹皮の下にいるのです
揺れる梢たちだよ！　大きな枝も、小さな梢も揺れる……見えない根が私たちを支えてくれている。どんなに凍りついた大地でも根までは届かない。生きるための養分を十分に補給してくれる。なんという有難いこ

となんだ。葉っぱを落とし、幹だけで冬を過ごす……捨てて生きるのを
木々が示しているのさ

（作品1933号）

子どもの上着にポケット
大きなポケットだ
真っ赤な、真っ赤なポケット
母さんの手作りだろうなぁ……
何を入れるのだろう
手袋が出てきたよ……寒いからなぁ
口でモグモグしだした……小さな飴かな
楽しみが一つだけ増えている
自分だけの大切なところなの

何もかも真っ赤なポケットに入れるの
……この無邪気な動作、何が出るの
遊びが楽しそうだよ！　自分のものだと自分で確認する。こんなに嬉し
いことはない……。好きな時に自由にできる……束縛されない、行動に
接する。気づかないままに自己成長が芽生えだしたのかなぁ

（作品１９３４号）
波に隠れている……細い階段
潮が引いたときに現れる
小島に上がる……細い階段
いつ、どうして作ったんだろう
いつも、不思議に思っているのです
あの小島に渡り、遠い風景を見たい

あの木の上の鳥さん、何を見てるの
癒やされる夢があるのだろうなぁ……
鳥さんのように眺められたらなぁ……
僕には翼がないんだ……翼が欲しい
波は無表情のまま揺れています
なり止まない鼓動だよ！　海の神様に神頼みするんだ……。自然の中で元気でいることの一つの証しとしたいと心が叫びだす。一瞬で生まれ変わりたい……信じてやまない、自分がいる。無駄な時間だけが過ぎ去っていくんだ。今しかできないことがあるのになぁ……

(作品1935号)
小さなモズが飛んできた
チョコンと枯れ枝にとまったよ……

昨日も、今日も……同じ時間に
人恋しいのだろうか……
こちらをじっと見ています……
ただ、尾をピクピクと動かし
「こんにちは」……元気ですかと
交わすようなしぐさをするんだ
受け止めてほしいのだろう……
孤独な生き方……知ってほしい
すまして……飛び去った
小さな生きがいなんだよ！　冬の森でひっそりと自分の生き方を表現している。邪魔されることなく、ゆったりとした午后の時間なんだ……。
小さな鳥の世界から見れば、この小さな森が広大な宇宙空間なんだ。のびのびと大きく羽ばたける……自由な時間が、今なんだ。黙々と孤独で生きる……素晴らしい青い空だよ

（作品1936号）

海も、山も……この里も、あの里も
夕日が落ちる、静かに落ちる
一度きりの夢になりそう……
プラットホーム……無人のホームに
たたずんでも、聞こえてこない
なまりのある……じいちゃん、ばぁちゃん
迎えに来てくれたのになぁ
……今、果てしない……
ローカル線……まばらな乗客
ローカル駅……若者が少ない
悲鳴を上げる汽笛なんだろうか……
乗客のいないローカル線だよ！　便利さを追い求めてやまない、進みゆく社会。一世を風靡した乗り物だって、永遠に続くものではない……そ

の時、その時決めるしかない。捨てられる運命にあるのかもしれない
……人に頼らない乗り物ほしいなぁ

（作品1937号）

明日を待たず……今、ここに
自分の顔を披露しています
真っ赤に染まった太陽が……
きれいに輝いて落ちていく
黙したまま、あとわずかだ
一日の重荷を背負い込んだまま
いきいきとした……筋金入りだ
あ、あ……なんという素晴らしさだろう
残念にも、一秒、一秒の早いこと

静かに、静かに沈んでいくのです
不思議なめぐり逢いなのだよ！　一秒たりとも動きを止めはしない……
止められない。穏やかな大きな顔、自分ではわからない。手がとどくよ
うでとどかない……遠いのだ。大きな真っ赤な心、あなたにどう残るの
だろうか。一瞬、一瞬が私の生きがい……明日どう会えるのだろう

（作品１９３８号）

枯れ草に、じっと隠れていたのに
陽気な温かさがやってきたんだ……
ついつい浮かれて飛び出した
あれよ、あれよという間に……空高く
自分自身を忘れたのかなぁ
「初鳴き」を、やってしまった

ワクワクして鳴いています
よく響き渡るだろう……
いま、鳴いている、「お披露目」だ
心が楽しく弾んでくるんだ
三寒四温を感じないんだよ！　大地の温もりに寒さを感じない……枯れた草原が凍りつかない。よく見てごらん……草原はまだ晩秋の残りなんだ。大地が温かい……異常なんだろうなぁ。こんなに早く目覚めて歌いだす……不思議だなぁ

（作品1939号）

見えない、見えない……空気を
味方にし、大いに生きている
生きている自覚……どこにもないよ

人の胸に棲みついているからだよ
とうとう……死に追いやってしまう
生きるためのたくましさだよ
自己を自己で変異させる……
感染するほどに自己を変えて
地上の果てから果てまでの充満
明日の未来……僕らには見えない
謙虚さなんだよ！　傲慢になってはダメなんだと……生きていくコロナウイルス。自分なりの生き方を大きく示している。地上にはいろんな生き物が生まれ、死んだりしている……。地上に適応した能力を持ったウイルスだけが生き続けることができる。生きるため、人の胸に棲みついて生きる……この勇気が必要だと

（作品1940号）

この地上で生きるために生まれた……
変異したばかりのコロナウイルス
山を越え、海を渡り……止めどなく
地球の果てまで、空を飛ぶ
自分で変化し、どんどんと進化する
新しい自分をつくり……自分で護る
生き延びるための延命策……
果てしない、その日その日なのだ
気づかないうちに少しずつ変わる
新陳代謝した……朝がきたよ
コロナウイルスが渦巻く世界だよ！　手遅れになってしまった……あっという間にこの世界を席巻する。毎日、毎日感染し、毎日、毎日死者を生む。空気中を移動してしまう……人から人への感染だ。止めることが

できない……なんと自由気ままな世界を作っているのだろう。わずかな
心の隙をついてくるんだ

（作品１９４１号）

生き物……それは完全なものではない
どこかに悪い所、弱い所があるだろう
その所をターゲットにしているのさ
スムーズに潜入だよ……空気からの潜入だよ
わからないままに、空への旅立ち
人々が運んでくれる……有難い
そのスピードの速さだよ……飛行機だよ
「あっ」という間の世界一周
一度も、味わったこともない感覚で

生きていることさえわからないままに
あ、あ……目の前に広がって……
母が迎えるのではないのだよ！　コロナウイルスがどんどんと潜入する
……。抵抗力のない人に感染し、拡大する厄介なコロナウイルス。絶好の棲みかが人の体内……無防備で生きていられるし、食い荒らされて死んでしまう。わからないままで葬られていく人の死……それでいいのだろうか

（作品1942号）

毎日飛んでくる……一羽のモズさんだ
じっと見ているよ……私のことを
この森に……あなたと私だよ
「こんにちは」と弾んだ鳴き声だ

小さな声で「こんにちは」と……
心が通じ合ったんだろうなぁ
うれしいなぁ……うれしいなぁ
隠れたかと思えば、どこからか飛んでくる
枝から枝に飛び移り、逃げないよ
知らぬ間に鳴き声あげるんだ
会話する時がやってきたよ！　鳴き声で教えてくる……わからないのは
私の方かもしれない。鳥たちの奏でるメロディーで会話する……面白く、
楽しく、悲しく。わかる、わからない……それはあなた次第だと。自分
の鳴き声変わらない……どこにいても独特の鳴き声なんだ

（作品1943号）

よく見渡してごらん……

老木の梅の木が目を覚ましている
小さな白い花ビラを咲かせて
呼んでいるのだよ……暖かな春だと
飛びかう虫たちも楽しいだろうなぁ
美味しい蜜がいただけるから
ハチがきたよ……ハチはハチだ
となりにいても怖くないさ
となりはとなりなのだよ
自分の生き方しなければ
ウカウカできないでいる……
忘れかけられた冬だよ！　この列島は細長い……。宇宙からの叫びが大地を動かしはじめる。生き物の生き方にも大きな変化だ。暖かくなれば動き出す……生き物全てに宿っている。暖かさを一番初めに感じ、われ先に春を先取りしていく生き物は……どう見つけるのだろう

(作品1944号)

環境がすごく違っているのです……
夏だけだったんだ……野菜や果物
今……真冬に植えつけられる
お目見えするのは、早春だ
サクラの花よりも早い
甘くて、とろけるのだよ
どんなに寒くても……暖かなハウスで
至れり尽くせりの栽培だ
時間をかけ、労をおしまず育てられる
一個、一個……真夏の味になるんだ
美味しいスイカだよ！　貪欲な人間の栽培なのです……。真夏のスイカ
なのに真冬から作り始める……栽培方法の追求なのです。太陽が昇れば
止まらなく成長する……休むことなく、どんどんと芽を伸ばす。労力を

尽くさなければ美味しいスイカはできない……だから、手塩にかけて育てていくのです

（作品１９４５号）

みなぎる朝日の躍動されるから……
心を開きなさいと目覚めだす
それは、春の彼岸だ……
自然は止まらない……喜び、湧き出して
早い、早い成長が著しい生き物に大変身
あ、あ……時の流れを忘れてしまう
日々の変化がとぼしい……秋の彼岸
短かった影も、だんだんと長くなる
うつむく姿の影が生まれだす

歩く姿……とぼとぼと、一人ぼっちだ
真っ赤な夕日が沈みだす……心の哀れさだ
どのように感じるのだよ！　春……生き物が弾けだし躍動を始める。ど
んな生き物だって活き活きして、ワクワクする時なのだ。自分の心に夢
を迎える……夢に向かう一歩、踏み出す時だ。自然が誘いの手を伸ばし
てくれている……ぬくもりのある太陽が

（作品1946号）
天空を、どう動いたのだろう
とどまることもできない
真っ赤な、真っ赤な輝きとなり
だんだんと落ちていく……
あとを振り返っても何も生まれない

軌跡も残さず……今を終わる
最果ての空を見て、進みゆく
ぶれないで廻る……地球は速い
明日の朝の光は木阿弥なんだ
沈みだす夕日……いま、分かれだす
生きるも、分かれもないのだよ！　ただあるのは現実だけなのだ……。
昨日、この夕日見えなかっただろう……昨日、このような夕日想像した。
この場所でしか見られない夕日を作り出す。自然は呼びかけはしない
……探すしかない。出会いとなり……心のときめきになってくる

（作品1947号）

不思議な時間がやってきたんだ
小鳥たちが浮かれて飛んでくる

目の前に美味しい蜜が漂って
この香り……幸せをくれる
白い花、赤い花、ピンク色の花だよ
今、咲いたばかりの花もあるよ
絶対になくしたくない……
だけど、一度で食べられない
どうしよう……迷ってしまう
一番……好きな花の蜜に飛び込んだ
最高に尊い時間だよ！　淡々として四季の変化に合わせる……それに気づくことが生きていることなんだ。欲を出したらおしまいだ……今、そこにあるもので十分だろう。明日も美味しい蜜が吸えたらいいなぁ……。
お花さんにお願いだ……太陽を浴びて生きていてほしいんだ

(作品1948号)

山のシカに遭遇だ……三匹だ
キョトンとした表情で見つめている
鋭いまなざしになっている
何しにきたのだ……見慣れない顔だ
邪魔しないでほしいよ……
住み慣れた……この山里だよ
崩れかかった家……見てごらん
住人は帰らない、人影もないよ
私たち……ここを通りすぎるだけ
すぐに木々の中に走り込む……
野生動物、多いのだよ！　山仕事をする人々がいなくなった……やる気がしぼんでしまう山郷だ。動物たちは、どんどん勢力を増していく。哀れなるのは、人々なんだ……家の周りの鉄条網だよ。生活が逆転してし

まった……どうすればいいのだろう。山の崩壊……止められない

（作品1949号）

清掃された墓標が連なっている
父も、母も、祖父も、祖母も
ここが生まれ故郷……遠い古里
揺り起こす……静かなる心
眠ったまま……今、どこにいるの
かすかな目を覚ましてほしい
地の霊魂から……空の霊魂へと
あの、白い雲のように動いてほしい
霊魂が生きている、輝かすのだ
今の自分、どう変わっていけるかと

心の中の彼岸だよ！　彼岸がくれば思い出す……人はみな死に至ってしまうんだ。死……それは生との別れなのだ。いつやってくるんだろう……それはわからない。明日くるかもしれない、待ってはくれない、後退できない……前に進んでいかなければ。生まれた時も一人、死ぬ時も一人なんだなぁ

（作品1950号）

山の中ほどから……白い煙
何を燃やしているのだろうか……
山仕事をしている合図かなぁ……
あの山肌……急斜面なんだ
背より高い、竹の繁殖がすごい
雑木がいたるところに生えている

雑木の密集地帯になっている
太陽の光がとどかない……
ほったらかしのままになっている
あ、あ……どうすればいいのだろう
手に負えない状態だよ！　近くの山も手つかずの山が連なっている。山
仕事……一つではないんだ。木々は大きく繁り、間伐や下草刈りをする
人がいない……山を管理できない。自然は待っててはくれない……若い
木々の成長が止まらない

（作品1951号）

僕は低い山……あなたは高い山だよ
あの山に登りたい、この山が険しい
もっともっと……楽しい山がいいなぁ

みんな連なってくるんだよ……
雨が降れば……どの山もずぶ濡れ
青空になれば……どの山も嬉しそう
雲が流れてきたよ、山に体当たり
朝、昼、夕、それぞれに変化がある
どの山を見てもありのままの姿だ
心に残る山……どんな山だろう
じっと見ているのだよ！　きつくっても登っておいでと、どの山も黙したままで呼んでいる。一喜一憂するではなく、じっと座ったまま……何が起ころうと、なされるままに。どんな時でも惑わされない……芯の強さだ。自然の生きざま、あるべき姿を見せている

(作品1952号)

激しい感染がまだ、まだ続いている
新しく生まれたばかりのコロナウイルス
この地上、広すぎて……どう生きる
今……動かないほうがいい
いくつもの兄弟のコロナウイルスがあるよ
少しずつ進化し変化しているのだよ
生き方を学ぼう、先を見て生きたほうがよい
子どもを見てごらん、天真爛漫に遊んでいる
我々がここに入る余地がないようだ
夢のある子どもたちを潰してはいけない……
さぁ……どう進化した姿で現れるんだ
生きがいが生まれたんだよ！　このコロナウイルスも生き物なんだ……。
この地上に生を受けたんだ……たやすく滅亡はしない。生まれたばかり

で、まだまだ特効薬がない……長く生きていけるぞ。生きる場所がいたる所に存在する……あ、あ、なんという有難さだ。哀れなる生き物と思うなよ……

（作品1953号）

気づかないようで、気づいている
宇宙も穏やかに変化している
青い、青い冬の空なのに……
冷たそうな雲がないだろう
雪ではないよ……雨が降るんだ
遠く離れた、海が温かい
魚だって北上しているよ……
この大地だって暖かい……霜が降りない

冬を越す雑草だってあるよ
木枯らしだって寒さ感じない
生きものすべてがそうなんだ
生きるもの、どう生きるんだよ！　大地の歌が聞こえてくる……滅亡するもの、新しく生きるもの。四季が解き放される……どうなるのだ、春夏秋冬。それは自然さえわからない……。流れゆく自然を愛しても止めることができない。目に見えない自然に任せるしかないだろうなぁ……

（作品1954号）

時間が経てば経つほど、つらすぎる
棲みついたところ……長くいられない
いつ……ここを離れればいいのだろう
生きることに、迷うんだよ

死滅する前に……飛び出さなければ
だけど、自分では飛び出せない
もう、大きな息が過ぎ去った
だんだんと小さくなっていくんだ
僕の夢も……ここまでだったんだ
つぎの生き方、ないんだよ……
どうにもできないのだよ！　生き物全て永遠に生きられない……永遠の謎なのだろう。産まれ、成長し、衰えて、そして死に至る……生き物の宿命だ。自分が新しいものになる、難しいなぁ。ありのままの世界を見極めることだって困難だろう。どうして従えばいいのだろう……慈悲心かなぁ。無くなりかけてきている時代だろう

（作品1955号）

旅人の声が聞こえない……
北へ、南へ、西へ、東へ……
どこまでも、どこまでも延びている
宙に浮いたままの線路だ
今、嘆いてもどうしようもない
あの大雨の悪魔が襲いかかった
昼夜を問わず、無言のままで
大地をたたく、雨音だけが残り
黙々と、黙々と雨の仕事、それは恐ろしい
その、仕事のあとがこの残骸だ
考えさせられるのだよ！　自然の力は恐ろしい……雨風いつやってくる。
人が作ったもの……自然が長い時間をかけて崩していっている。あ、あ、
永遠に残るものってないかもしれない。つねに捨て去ることを身につけ

ておかなければならないだろうなぁ……

（作品1956号）

春がやってきた、今年は早いぞ
春の陽光はまぶしくキラキラだ
思いもしなかった花びらたち
自分の色を咲かせている
赤、黄、白、紫、ピンクに
雨が降らないでほしいなぁ……
突風が来てほしくないなぁ……
まっすぐな芯が、芯が折れる
生きる喜びが、これで尽きるのだ
なされるまま……挫折して生きていく

春一番がやってきたんだよ！　春の花たち耐えることをよく知っている。
暖かくなり、個性豊かな花を一斉に披露するのです。一夜にして雨と風
がやってくる……春の嵐だ。自然が自然の花をたしなめているのかなぁ。
浮かれすぎてはダメだぞと……

（作品１９５７号）

一人ぼっちの旅の始まり……
ゴトゴト、ゴトゴトとタイヤが響き
真っ暗な夜中を突っ走る
寝室代わりの夜行バスになる
外は何も見えない……光る街灯だ
どの街を通り過ぎたのだろうか
黙々と、黙々と走るバス

時刻だけが通り過ぎていく
脳が朦朧と、目覚めだす……
寝不足の自分を作り出す
黙したままなんだよ！　夜行バスの不思議な旅だよ。ただの移動手段に過ぎない……目覚めれば旅の目的地にいる。利用客など知らなくていい……乗り物が安全に到着すればそれでいいのです。黙したままの時間だけがどんどん進んでしまう

（作品１９５８号）

午后から降り出した……雨
急に冷たくなってくる
雪が降ってくれるのを期待していたのに
嫌な、冬の雨になってしまう

あ、あ……つまんない
雪、雪……なかなか降らないのだよ
空から浮かんでフワフワして落ちてくる
舞い降りる雪、見上げるのになぁ
心が安らぐのだよ……ほんとうに
小さな口で雪を食べたい……
哀れなるのだよ！　無口な雪だと、ホッとする……冷たい雨だと、嘆き
になり小さな心が震えだす。本当に雪が降らない……なぜそうなったん
だろう。子どもらはこれが冬だと思ってしまう。未来を託す子どもらに
素晴らしいプレゼントを贈れるだろうか……

（作品1959号）

何もない、何もない海辺の風景

あるのは……海原であり、砂浜だ
打ち寄せる波、おだやかだ
朝日を受けて一斉にトキメキだす
不思議にチクリ、チクリと刺してくる
まばゆいほどに刺してくる
あのキラメキ、なんだろう……
ただ呆然と、ただ呆然と……
波の揺れる心、気づかない
あ、あ……なんという不甲斐なさだろう
海が漂いだすのだよ！　自然がこの波どうするのだろうか……。どこま
でも、どこまでも続いてる。このおだやかな波……朝夕に満喫させてく
れる海、幸せなんだ。心を開いてごらん……自然と一体になれるんだ。
あなたたちが気づくまで待っているから……急がなくてもいいよと

（作品1960号）

見上げれば断崖の上に立っている
小さな島のはずれの灯台だ
ポツンと……ほんとうにポツンと
ひっそりと訪れてくれる海鳥
四方がすべて……海、うみ、海
小さな波も大きな波も打ち寄せる
今日は穏やか……風も波も
一瞬に叫び狂う嵐の一日になる
……今、静かに眠っている
途方もなく果てしない……海原は
切れかかった心だよ！　航行する船の道標なのだ……。航海の海の安全
を守るため、自分の為ではなく、他行する船のために。海から目を離し
たらダメだなぁ……自然に立ち向かう役目だったよ。美しい海が延々と

広がり、一筋の光が頼りだったのに……

（作品1961号）

頂きまで続く……棚田
人々に愛され、手で耕される
稲作づくり……今も変わらない
風が……台風になり
雨が……大雨になり
激しい自然、異変続きの悪天候
稔った稲穂が地面に拝みだす
あ、あ……生きる望みが消沈
もう……尽き果ててしまう
自然の魔物が憎らしくなってしまう

……倒れず、頭を持ち上げてくる
大切な、大切な生き物だよ！　生きるためになくてはならない食料なの
です。小さな丘を、小さな稲田にした……この地の栄養源。育てられた
命、大切な宝なのだ……。美味しい水と、この澄んだ空気……自然がく
れたんだ。作る人の心と、この大地があれば黄金色した稲穂が生まれだ
す。……独りぼっちではないという

（作品1962号）

慌てることはない……急がない
今……時期を考えているのさ
変異したコロナウイルス……
淀んだ空気が見つからない
もう少し暖かくなったほうがいい

桜の咲く時季が最もいいよ……
老いも若きも桜見物に出回るだろう
免疫ができていない人々がいるぞ……
人ごみの中、自由に飛び回れる
爆発的な感染、生み出すだろうなぁ……
絶好のチャンス、もうすぐやってくるのさ
どう生きるかだよ！　地球の生き物たち、みな同じではないだろう……
人間だって同じではないだろう。感染力の強い生き物ほど拡大して生存している。仲間のコロナウイルスも少しずつ、少しずつ変異している。
僕らは温暖化で生まれたのかもしれない……どんどんとはびこっていくんだ

（作品1963号）

枯れ草の中で咲いている
春の訪れだよ……野のスミレ
風に揺られて、寒そうだ
もう、そこまで来ています
陽ざしが、春の陽ざしなの
うす紫の花びらも喜んでいます
太陽を浴びて、嬉しそうに
一つ咲き、二つ咲き、三つ咲き……
小さい花びら、私の生命線なの
スミレに興味を持ってありがとう……
そこまで来ている春だよ！　知らず知らずに春の季節が動いている。寒い時にじっと耐え、暖かい時にほほ笑むのです……。野のスミレも生きる場所が狭くなってきています……。雑草の強い勢力には勝てないので

す。かれんな花だけに気づかれなくなった……小さなスミレだもの

（作品1964号）

のびのびと……おおらかに
一瞬に飛び回れる、淀んだ空気だ
あ、あ……この爽快さ忘れられない
自由、気ままに棲める環境がある……
生きている人の中で生きることだ
見つけたんだよ……新しい棲みかを
棲んでいるコロナウイルス、同じではない
今……どこかで、どれかが変異を始めだす
つねに新しいものへとなっていく
明るい太陽の女神が迎えてくれたと

生きるとは何なんだよ！　太陽の恵みを受け、どれだけの生き物が生存しているのだろうか……。海の中で、空気の中で、大地の中で……新しいものが誕生する。それは眠っていたものが甦ってくるのかもしれない……この地球の温暖化の中で。人々だけが知らないのかもしれない

（作品１９６５号）

過ぎ去ったことを忘れよう
忘れようにも、忘れられない
朝日を見てごらん……
昨日の輝きと全然違う
何もかも忘れた純真な輝きなんだ
弱いとか、強いなどではないよ
一瞬の輝き……それが自分なんだ

真昼の輝き……それも自分なんだ
夕日……どんな輝きを見せるだろう
黙々と時を忘れるしかないぞ……
その時がくれば、その時の輝きだ
生き方を告げているのだよ！　絶え間ない生き物よ……素直に自然を見ようよ。目覚めの太陽も時間と共に、一瞬の輝きが薄らいでしまう……。自然と共に前へ、前へ振り向きもせず進んでいく。何ひとつ残すことなく自分の輝きさえ忘れている。生きていれば……生きている重み、心の鏡に反射していく

（作品1966号）

早春……それはどんな気分
おだやかな春の先取りだよ

昨日の夕暮れまで無言だったのに
一夜にして語りだしてくる……
春の嵐でもなく、春一番でもない
うららかな風、風が吹いてくる
春が夢見ている……夢見心地だ
さぁ……春眠の花たち目覚めだせ
待ちわびた春、ほほえみだすんだよ
以心伝心、懐が深い大地だよ
もうすぐ春たけなわだよ！　春の嵐が突然やってくる……春を目覚めさせる瞬間だ。よく見てごらん……いろんな生き物が耐えてこの冬を越えている。温かくなった大地に辛抱強く生きているよ。ぬるま湯につかって生きるものとは一味も、二味も輝きが違うぞ。生き物、敏感に反応する能力の凄さだよ

（作品1967号）

じっとしていてもつまらない
わずかばかりのねぐらだからなぁ
今、雨が止んでいる……今しかないぞ
ほんの一瞬でもいいんだ
おもいきり空に飛んでいく
「アッ」という間の飛行だったよ
少しでも羽ばたいてエンジョイだ
小さな自分が大きな心になるよ……
ほら、空からポツリポツリと落ちだした
楽しい時間も……もう、無くなった
小さな生きがいだよ！　一瞬に自分の時間を作り出す……生きている行動なのだ。たわいない時間を自分のものとして楽しむことができる……持って生まれた能力なんだろう。四角四面ではない、飛べるという自由を拾っているのだろうなぁ。歓びを夢中で表現しているんだ……

（作品１９６８号）

知らずして、やってきたんだ
小さな蕾が、小さな桜の木に
どんなに若くても……花がくるんだ
大地に心の根を張っているから
教えてくれる……木々たちだ
それは、自然界の優しさだよ……
よく見れば、隣の大きな木にも蕾だ
咲きだした、あれよ、あれよという間に
みんな一斉に咲いてしまう……
楽しい春なんて……詰まらない一瞬だ

長い、長い……耐える季節が待っている
今、素晴らしい時なのだよ！　咲いてしまえば……もう、終わりなのだ。
咲くまでの待ちわびる時間が、生きる喜びを実感する。見ているあなた
……そう思わない。生き物の憐れさがついて回るんだろう……。きらめ
く輝きがないと他と一緒になるんだよ。今、きらめいているけどわかる
かなぁ

（作品１９６９号）

甘い香りを敏感に感じています
小さなチョウたち喜んで
誘われて集まってきているのです
生まれたばかりのチョウも
飛びかうチョウたちの楽園に

菜の花に群がっているのです……
ここにしか甘い蜜はないよ
……わずかに輝いている黄色の花
風が吹いても折れない、くじけない
この懐に飛び込んでおいでと……

自然の知らせだよ！　生き物たちは自分たちの生き方をよく知っている。時季がくれば花は咲き、時季がくれば虫は誕生し、時季がくれば死んでいく。自然はじっと微笑んでみているだけ……。自然がどんなに騒ごうとも生き物は生き物だ。生きるための時間を無駄にはしない……咲きだした花が知らせるのです。喜びをくれる……はる、はる、春なのです

（作品1970号）

探し求めていたのだろう……

心を癒やしてくれる処を
こんなに近くにあるなんて
やっとで見つけたぞ……
こんもりとした雑木林の隅っこ
わずかな時間だけでいいんだ
自分だけ、「ホッ」とすればいい
人の声など聞こえない
通り過ぎる車の音だけだよ
時おり小鳥の声が響くよ
黙ったままの自然だよ！　心を癒やす時間を持ちたい……一人の願いなのだ。どんどんと時間だけが過ぎていく……もう、帰らない時間が。どうして作ればいいのだろう……探さなければ。行動を起こさなければ……その繰り返しなのだ。見つけよう、考えよう……どこかに隠れているだろう

（作品1971号）

生きていれば、あなたにもあるだろう
現実だけが広がっている……
輝くのだろうか、未来って
あなたも、私も夢を語るって……
夢、ゆめ、夢を語ることを忘れてる
自由に、楽しく、朗らかに、なごやかに
夢を、冒険をする……心の夢もあるよ
その果てしない夢、空を飛ぶ
……あの浮雲の中に潜りたいなぁ
……何か一つ見つからないかなぁ
線香花火のような夢でいいんだ
いつ蘇るか……わからないだろう
変化していくのだよ！　夢を語ることができるのは人間だけだよ。年老いてくれば夢が消え、語ろうともしない……若さを失くし、失望した日々なのだろうか。自分の夢が目の前のものに興味がわかない……残念だ。衰退した夢を若々しく蘇らせてほしいなぁ……長い一日になるんだ

（作品1972号）

青い空がどんどんと現れている
小さな声でささやいています
目覚めた木々の新芽に……
スキンシップするぞ……
楽しく飛び回れそうだ……
こんな朝って久しぶりだろう
小さな羽を大きく見せるんだ
無風の時が一番いいのになぁ

揺れてくれれば、ぶつかるんだよ
春一番が嫌なんだ……舞ができない
自然と戯れるんだよ！　飛んでいる時間は短い……わずかな時間だ。
木々の間を飛ぶ……どう戯れる、どう味方につける。自然に身を任せ
……飛んで、飛んで、ひたすらに飛ぶ。自分だけの演技だから……澄み
切った空気と戯れる。自由自在に創意の繰り返し……自然への挑戦がで
きることだよ

（作品1973号）

いつ、たどり着くのだろうか……
あ、あ……生まれた海原は遠い
急流を一目散に流れ落ちていく
激しく、そしてたくましく

あれよ、あれよと岩肌を滑り……
一瞬、白い波で空をさまよい
なすがまま、なされるがまま
押されるでもなく、引っ張られるでもなく
自然の地形に沿った柔軟な心
昼夜を問わず、黙々と流れていく
ひそかに流れているのだよ！　雨が少ない時期だよ……。激しさを感じさせない川の流れだ。大雨になれば怒濤のように流れだす……流れが一変する。山奥の出来事ではないだろう……常に異常事態を発するんだ。四季を問わず自然の変動がやってきている。……淋しくなった風景が山肌に続いている

（作品1974号）

ねぐらを持たない……野のカラス
子育て……どこでしたらいいの
ほら、あの大きな榎の木にしたら
鳴き声が聞こえてくるよ……
……ほかの家族も棲んでいるよ
あの家族、早く離れてくれないかなぁ
竹藪の松の木はダメだろうか……
小鳥さんたちの遊び場のようだよ
どうして、ほかの鳥さん棲みか作らないの
……雨で濡れるし、風にさらされるからだよ
山の木に戻るしかないのかなぁ……
見つけるの、大変だよ！　安心できる棲みかが少ないのです。ねぐらを
持たない鳥になって……現実、厳しいんだよなぁ。自然の中で生きる、

生きるのに懸命なんだ。棲んでみると、大きな違いがあるんだ。豊かに
見える野の自然も、大きなひずみが現れてきているよ

（作品1975号）

わずかな時を寝たのだろうか……
ぬくもりがある、空気だよ
あ、あ……待望の春だ、春なんだ
朝日の中で……鋭い小さな目
底知れないエネルギッシュな目
いきいきとした「まなざし」なんだ
活動できる楽しさ、始まりだすよ
この嬉しさ、どう表現すればいい
充実させてくれる……それが春なのです

はる、自然の春……黙々と与えている
すべてを出し切ることだよ！　春……長い冬の寒さから解放を与えてくれたのです。この春の恵み……尊いものなのです。母なる大地……堂々と胸を張って生きてごらんと希望をくれたのです。生きるに弱いも、強いもないいんだと……平等の機会を大切にしろと

（作品1976号）

イライラした心で、空を見
ギラギラした心で、雲を追い
落ちつかないまま、歩きだしている
心のイライラ止まらない……
……深くて広いなぁ、青い空
それぞれの雲さん、個性あり自由な流れなんだ

それぞれの雲さん、楽しく競っているんだ
それぞれの雲さん、行く末見据えてる
どうしたら……できるのだろうなぁ
生まれたまま、この空に浮いているのさ
自然が友だから……何も考えていないのさ
心の奥にあるのだよ！　ゆったりとした気持ち、自分で作ろうよ……。
生きるため、もがくものが多すぎるんだよなぁ。新しいもの、新しいものと追いかけている……立ち止まることができない。何か失敗してごらん、じっくり反省しているから……。心の奥に潜んでいるひらめきが湧いてくるよと

（作品1977号）

はしゃぎだし……見つけ出す

ほら、見つけたよ……と指をさす
木にしっかりとしがみついている
クマゼミの抜け殻だ……
カラカラとした、茶色の殻もあるよ
昨日はなかったよ、今朝生まれたのだ
どうして……もう鳴いているの
どうして……すぐに飛べるの
見つけるたびに不思議がっている
この抜け殻、あの木で鳴いているセミかなぁ
元気で鳴いているんだよ！　もっと激しく鳴け……枝から枝へ飛び移れ。
猛暑に負けるな、元気で生き抜くんだよ。早い時間が自分らしく生きる
生きがいなんだ。こんなに鳴いて、こんなに燃え尽きる自分を想像でき
ない……大地だって熱いんだ。今、生きている自分を表現しなければ
……とうとう息切れ、してしまう

（作品1978号）

真夏が来たというのに……雨が降る
それも長い、まだまだ降るんだよ
梅雨に逆戻りだ……大変な夏だ
大地も乾燥しない、ジメジメと湿ったまま
大喜びの雑草……雨の中にも伸びていく
みなぎる力、雨と太陽がくれている
自分に適した季節だ……自分だけのもの
先取を始めた、野に咲く秋の花
隠れて咲きだしてくる彼岸花だよ
灼熱欲しがる百日紅の木々だよ
憂鬱な雨が続くのだよ！　気象変動……壊れだす地球からのメッセージだ。揺れ動く四季……生き物は静かに感知し、生きるための表現をしている。気づかないのは人々だけかもしれない……。自然を過去のデー

ターからしか判断していないだろうか。生きるとは、先を見ることだよ
……過去を振り返らないことだよ

（作品1979号）

生き物が動き出す、飛び跳ねる
温かな……春の大地だよ
眠っていたものに、「朝が来たのだ」
母なる大地が産み落としてくれたのだよ
……雄叫びをあげ、空を舞う
これから始まる、自分たちの世界が
まだまだ生きられる、貪欲に感染だ
棲みよい世界だぞ……この大地
地球の果てまで……南も北も東も西も

まだまだ新しい、夢、ゆめ、夢がある
過去を見ない、明日に生きるんだ
生か死か、わからないのだよ！　生きている……どこで生まれたのかわからない。この広い地球に新顔として生まれたんだ。僕らは飛べないの……媒介してくれている生き物がいるから、どんどん広がるんだよ。一瞬にして感染拡大、一瞬にして全滅……先がみえないままなんだ。生かされているのかなぁ……

（作品1980号）
目に見えない……小さな砂
黄砂だ……海を越えてくる
大陸からの強風に乗ってくる
何千キロも飛んでくる

青空がだんだんと泣きじゃくる
おいおい白い雲さん、教えてよ
どうして砂が舞い上がるの……
霞んで……目が痛くなる
あ、あ……空気さえ匂い出す
不思議なんだよなぁ……黄色い砂なんて
どんな微生物が生まれるのだよ！　風に乗って運ばれる微生物……どこ
にでも根を張るんだ。知らず知らずに生きてくる……見られない微生物
がいて、見られる微生物がいない。新陳代謝の始まりだ……いつ始まり、
いつ終わる

（作品1981号）

動くのが素早い、「あっ」という間に

逃げ出している……山のカニ
小石の中に潜って、潜って隠れだす
大きな目玉……キョロキョロと
何が起きたのかと、のぞいてる
水しぶきの音だ……飛び跳ねている
ゴロゴロした岩が多いのだ
面白そうに大きな石を転がしだした
あ、あ……山のカニなどわからない
ヘビが泳ぎ出し慌てて逃げ出した……
自然との戯れなのだよ！　水が冷たいよ……大きな声が飛ぶ。自然の中に溶け込む……感動なのだ。田舎の子どもたちでもそうなのだから、町の子どもたちはもっと敏感だろう。自然とのふれあい悪いことばかりではないよ……とっさの勇気や判断を体験する。生きた学習だろうなぁ……

（作品1982号）

……嬉しいなぁ
長かった雨が……どうにか終わりそう
隠れていた陽ざしが現れてきた
少しずつ、少しずつ峰々が現れるよ
見え隠れして、やっとで朝日を拝める
……真夏がそこにきたんだ
いま、生きている……森の中で
大きな羽、小さい羽……乾かそう
勢いよく飛び出し、大騒ぎ
美味しい……森の空気美味しい
一呼吸も二呼吸も飛んで深呼吸だよ
自然の中の生き物たちだよ！　生き物にとって雨ほど厄介なものはない。
外に出る時間がないのだよ……。雨の中では探せない……残酷なことな

んだ。じっと耐えるだけではないのです……生きている時の素晴らしい
知恵と勇気と技があるのです

（作品1983号）

よく見えたり、消えたりするのだ
美味しそうな……あの岩藻
食べたことある、あなた食べた
……私、食べたことない
ゆらゆらと揺れているだろう……
急流の深みにある岩の下だよ
なかなか寄り付けない、潜れない……
潜っていっても、窒息するだろう
不思議な藻が、川の底にあるんだと

隠れた小魚たち、キョロキョロと
泳ぐ領域が違うんだよ！　あの領域には入っていけないなぁ……。小さな魚では激しい急流に流されてしまう……挑戦してもできないことなんだ。生まれた時からの宿命だろうなぁ……。焦らずに自由に泳げるところで活発に遊んでいこう

（作品1984号）
一途に走っている……子どもたち
コロナウイルスなどわからない……
負けたくないのだよ、元気な子
インフルエンザだってヘッチャラさ
ただ、元気でいればいいんだ
広いグラウンド……駆け回る

大きく手を振って走るよ……

追っかけて走り出したよ……

隣の友とも、話さないよ
目と目が合って何かの合図……

考えないことなのだよ！　子どもたちは元気なのだ……面白く遊び、楽しく学んでいる。グラウンドまではコロナウイルスが追っかけてくることないのだ。狭い教室から解放されればいい……この休憩時間が有難い。

子どもは風の子だよなぁ……とらわれない心がいいのだろうなぁ

（作品1985号）

自然任せ、時だけが進みゆく
崩壊した……山肌だ
いつ、蘇るのだろう……

知らぬ間に草木だけが流転している
自然からのあふれだす恵みなのだ
緑なす木々が生い茂り
風雨のエネルギーが谷をつくり
一筋の水が生まれ変わらせる……
惜しむ心どこにあるのだろうかと
新しい山肌……ありのままに変貌する
壊れたもの変えていくんだよ！　一度壊れた自然、元には戻れない……
慌てもせず、どこかで再生して生きてくる。ありのままの姿で、何も言わない……春になれば新しい芽を出し、自然の営みを助け合っていく。
ゆっくりと、ゆっくりと自分の生き方作りだす……

（作品1986号）

どこから風が起きてくるのだろう……
微動だにしなかった……緑の葉が
わずかに、少しだけ揺れ出した
一つの葉が揺れれば、隣の葉も……
見る、見る間に次々となびいていく
音もなく騒ぐ……心を揺さぶる
枝をゆする音……突風になる
すさまじいよ、木々の揺れだ
面白く、楽しい風の通り道
不思議な風……どこで生まれた
気づかせないように吹いていく
揺れたり、止んだりするんだよ！　風って面白い……人の心を揺さぶる
んだ。イライラさせたり、落ち着かせたり、目で聞いたり、耳で見たり。

一瞬、一瞬違った表情を生み、受けとる相手の意思に任せる。いつ吹く風も同じではないのだよ……一度きりの風なんだ

(作品1987号)

この巣からの旅立ちだ
太陽がまばゆいほどにキラメク……
父が飛んで行った……
母が飛び出すのを待っている
三羽の兄弟姉妹、無我夢中
さぁ……飛び立とう
オドオドしてくるんだよ
慌ててしまうんだ、不思議だよ
わずかな時間、ほんのわずかな時だ

……それぞれに独立するんだ
これから始まる、生きる宿命が
巣立ったばかりだよ！　姿かたちは親と一つも変わらない……経験だけが大いに違うんだ。雨の日、風の日、猛暑の日どんな生き方をすればいいのだろう。萎縮してもならないし、これから経験するしかないんだ。
ひたすらに飛んで、小さな羽を大きく広げてほしいよ……

（作品1988号）

季節とともに変化していたのになぁ
迷っている……木々さんたちだ
緑の葉っぱのまま、紅葉しない
柿の実だけになり葉っぱがない
色づいた葉っぱ……なかなか落ちない

しっかりと現実を捉えている
生きざま、それは表現しかない
生きるため、不要なものを捨てる
自分でするしかない……防衛なんだ
春夏秋冬、どう変わってしまうの
不思議な姿なんだよ！　自然の中で生きる……。自分の生き方は自分に
しかわからない。こんなに大地が熱ければ……根が枯れてしまう。幹か
ら水分を蒸発させない……一つの知恵なんだ。だから、葉っぱを落とし
ているのだよ……大事な、大事な実を守るため。潤してくれる雨、天か
らの恵みの雨だよ

（作品１９８９号）

独り……ぽつんと……たたずんで

汽笛を聞くたびよぎってくる
心に残る……故郷の別れだ
手を振れば……胸が詰まりだす
泣き出したくても、泣けなかったなぁ
夜汽車に乗って行ったよ
ガタン、ゴトンと頭に響く音だった
もう……帰ってはこない
古いのだろうか、時代遅れかなぁ
泥臭い匂いがなくなっていく
見上げれば……時計だけが秒を刻む
変わらない心だよ！　心に残る音……いい音だけではないよ、悪い音だってあるさ。時間がたつほどに無限に変化する……思い出になり、鮮明に覚えていない。……自らの心だよ。それに執着しそうな気持ちがあるのではないだろうか

（作品1990号）

春の風って……やさしいなぁ
皆、起きなさいと揺り起こしてくれる
朝日に向かって笑顔があるよ……
おおらかにうなずきだすよ……
小さな喜び、スミレさんのもの
この笑顔、チューリップさんからだ
生きる喜び先取りしましょうね……
これから咲きだす花にあげましょう
いろんな姿で咲きだす……母さんの庭だよ
嬉しそうな風さん……木阿弥なんだ
日々変化するんだよ！　大地の温かさで短い命もだんだん長くなってきたよ……。自然が変化し、春をつくるのです。雨や風に叩かれてもみんな変わらない……あるがままの花を咲かせてる。哀れさなどひとかけら

もないのだよ。花の喜び……自然も一緒に喜んでいるよ

（作品1991号）

黒雲が去っていく……嬉しいなぁ
梅雨が終わった、青い空が広がる
今朝の太陽、神々しい輝きだ
我らの楽しめる、夏がやってくる
息苦しい大地よ、サラバ
あ、あ……ほっとしている
熱さに向かってチャレンジできる
飛べる、飛べる……小さな羽でも
生きるんだ……猛暑だって仕方ない
そう、木々の中を飛べる面白さだよ

どうしたら生きられるのだよ！　地中に眠る昆虫、眠っている間に大きく変わった大地だ。熱い大地になり身が持つのだろうか……どう対応するの。滅びるものは捨てられる……残ったものも捨てられる。夢がない生きる大地がやってくる。子孫をどうして残すのだろう……

（作品1992号）

青々とした稲田が続いてる
この道、あの道、歩いたよ
稲田の中の狭い畔……草ぼうぼう
面白さ百倍だよ、歩いてごらん
雨が降れば水浸し、畔はなし
カエルが鳴き、飛び跳ねる
イナゴも飛び出してくるんだ

急に現れ……泳いでくるヘビ
心の鼓動が高鳴りだしてくるんだよ……
泥だらけの顔で一目散に逃げだした
人影がいない……夏の午后だもの
不思議に思わないのだよ！　心に残っているのです……幼いころ、よく遊んだ田舎の自然が。勉強よりも外で自由に遊んだことが頭にあるのです。ヘビもいたし、カエルも、イナゴも、蛍も追いかけ……この道でよく転んでケガもしたよ。自然の中で遊ぶんだ……草の匂いと青い空と夕立だよ。そんな思い出もう帰らないだろうなぁ

（作品1993号）

雲のように消えたりしない……
うさんくさい生き方ではないぞ

早いものだよ……もう、２億人だよ
果てしなき……地球を覆いつくす
陸地がある限り……人々がいる限り
衰えを知らない、コロナウイルス
どこに行っても人、ひと、人
提供をやまない……人、ひと、人
なぜ……集まってくるのだろう
わからない、人の集団心理が
悲しいなぁ、人の心だよ！　何度となく押し寄せるコロナウイルス……。
ワクチンと変異するコロナウイルスの戦いだ……まだまだ先が見えない。
コロナウイルスで心をかき乱されたくない……どうすればいい。欲望を
追い求める世界に、無用なコロナウイルスがはびこっている……不思議
だなぁ

（作品1994号）

夜が、一番短い日がやってきた
昼が、最も長い日になるんだ
夏至という……一日を迎える
潮風の音が響き、海が生きてくる
生きたままの海……愛する海だ
不思議な、不思議な、海鳴りの響き
……近くなり、また遠のく……
朝から始まった……いつ終わる
海原が砕ける、白い波がしらに……
沈む夕日が、まだまだ沈まない
赤々として真っ赤な太陽……沈まない
自然の中にいるんだよ！　小さな島国南北に長く、島々で連なっている。
晴れもあり、雨もあり、雪もあり四季折々に様々な気象を生み出していく。梅雨……この島国独特のものだよ。温暖化により四季にも異変がもたらされているなぁ……。真夏の太陽がまだまだ真上にあるんだよ……

（作品1995号）

やっとできた……この陽ざし
新しい葉っぱたち……大喜びだ
エネルギーをいっぱい吸収できる
今……吸わなければ成長できない
薄緑からだんだんと濃い緑に
この喜び、この満足、自分のもの
この、わずかな時が大切なんだ
変身すれば一安心、大丈夫だ……
午后のひと時、刻々と変わっていく

自分の「葉っぱ」、頼もしいよ
春の陽ざしだよ！　木々はそれぞれに新しい芽を出してくる。生きている証しが新芽なんだ……。春の陽ざしを受けて、新しい旅立ちをしていく。目覚めた春を一瞬にして作り上げる。木々たちの一年の始まり……息をする「葉っぱ」たちになる。自分を忘れず少しずつ成長していっている

（作品1996号）
もう……ダメかと思っていたのに
小さな球根が宿してくれた
葉っぱの芯が伸びだしてくる
蕾が膨らみ、だんだんと大きな顔に
赤、ピンク、白……の花模様

咲いている、自分の姿がある
小さくても大地に咲かせた
この喜び……わかってくれる
あ、あ……なんと幸せだろう
お花さんたち、はち切れそうなんだ
一輪で咲きたいのだよ！　私もっと輝きたいの……やっとで花を咲かせ
ることができたの。とうとう、みんなの中の一つになったよ……。一つ
で生きなければ、凛とした姿出てこないでしょう。一輪で咲いてこそ無
心の姿になるのかなぁ

（作品１９９７号）

地球気候にも慣れてきた
暑くても、寒くても生きている

空気中を飛び交う……コロナウイルス
嫌なのは、澄んだ清らかな空気
好きなのは、人ごみの中だよ
淀んだ空気が大好きだよ……
生きるには、そこしかないんだよ
長く滞在できるし、棲みやすい
僕らも退治されるだろうなぁ……
にっくきワクチンが生まれているだろう
今、存在することなんだよ！　いつ、どのように変わるかわからない。
昨日のことは……もう、過去のことなんだ。今、どうして生きていくか
だよ……自己を見失わなく、そのままの存在でいたいんだ。変異しすぎ
て尻切れトンボになってしまえばダメなんだよ……

（作品1998号）

夏に向かいだす……
島の生き物たち、すべてが
夏、なつ、夏、どう捉える
空行く雲さえ輝きが真っ白
……自ら発散するのだ、大気中で
夕立の凄さ、それはスコールだ
頭をたたく……雨が鋭い
熱風となってくる夕暮れの風
木陰にたたずむ人々はもういない
急激に走りだしている猛暑
どこで止まってくれるのだろう
緑なす生き物たちよ！　小さな生き物ほど生きるのがつらい……逃げ場がない。のんびりとはできなくなっている。先が見えない……草の上に胡坐をかいておれない夏になっている。どう考え、どう工夫して、猛暑を生きればいいの。今を越えなければ明日がないのだ……今も熱風が吹き続けてる大地だよ

（作品1999号）

お……い、カラス君何している
凄まじい……鳴き声を上げて
じゃれ合っていただろう……
何を、求めあっていたんだ
……それはわからない
家族だけの戯れなのだよ……
子カラスとの別れがもうすぐだろう……
元気よく巣立つ、激励だよ

あとわずかだよ……親子の絆
この巣も、もぬけのカラになるのさ
近づいた……明日だろうかなぁ
飛んで生きるのだよ！　親子関係いつ切れるのだろう……鳥にも、それ
は不意にやってくる不思議な関係なんだ。与えられた愛を、大切に受け
継いでいく儀式かもしれない。瓜二つのつながりで飛んで生きている
……わからないほどの親子なんだ

（作品２０００号）
今朝の出発を見ているぞ……
遅い時もあるし、早い時もある
いろんな顔で輝くのを見ているよ
あなたたち……どんな顔しているの

晴れ晴れとなるのは……雲のない空
意気消沈するよね……雲だらけの空
澄みきった青い空は広く深いんだよ
黙々と……ありのままの自分を見せ
黙々と……迷わず、悔いる姿もない
無心になって大きな空を見てごらん
この顔にも変化があるよ！　春夏秋冬、地球の動きも日々変化が起きてくる。一つの地球をいろんなものが取り囲んでいるだろう。取り囲んでいるものの動きで僕の顔も変化するんだ。それぞれの季節を、どう楽しんでくれるかだよ……。生き物がどのように捉えてくれるかだよ……。
一瞬一瞬変化して、もう……元には戻れない

あとがき

空が見えない……雪、ゆき、雪
今……どんどんと降り続く
生きている白い雪になって
白い生き方……何一つ変えない
空から舞い降りた……自然のままで

造る、つくる、作る……時の速さだ
この白い世界、自分のものと
とどまることがない……この白い雪
時が経てば経つほど銀世界だ
何も言わない……大地の世界に
突然にやってくる、雪の来訪

絶え間なく訪れる、雪の来訪
自然が生んだ……雪、ゆき、雪
先が見えない……生き物たちに
生きているもの、どう受け止める
真剣さが乏しくなっているぞ……何だろう

空からはよく見えてくる
落ちるたびに見えてくる
よく降るんだ……止めどもなく
積もりだした……どうにもできない
明日の朝……屋根の高さになるさ
凍りついた大きな白い岩を作り出す
この岩……なかなか解けない
わずかずつしか解けていかない
小さな粉雪でも、大きな仕事をしている

新しい生き物として生まれ、変わっていくんだ
太陽のエネルギーと大地の温もりで
果てしない道……遠い、遠い道に
それぞれに、その生きがいが違ってしまう

本書の出版にあたり惜しみない援助を与えてくれた東京図書出版の諏訪編集室の皆さんに心から感謝します。

金田　一美 (かねだ　かずみ)

1947 (昭和22) 年　熊本県生まれ
1965年　熊本工業高校卒業
1968年　郵便局入社
2005年　郵便局退社
安岡正篤先生の本を愛読し、傾注する

著書
『若者への素描』(全４集/東京図書出版)
『四季からの素描』(全５集/東京図書出版)
『いにしえからの素描 第１集』(東京図書出版)
『いにしえからの素描 第２集』(東京図書出版)
『いにしえからの素描 第３集』(東京図書出版)
『いにしえからの素描 第４集 震度７』(東京図書出版)
『いにしえからの素描 第５集』(東京図書出版)
『いにしえからの素描 第６集』(東京図書出版)
『いにしえからの素描 第７集』(東京図書出版)
『いにしえからの素描 第８集』(東京図書出版)
『いにしえからの素描 第９集』(東京図書出版)

TTS新書

いにしえからの素描
第10集

2023年11月26日　初版第１刷発行

著　　者　金田一美
発 行 者　中田典昭
発 行 所　東京図書出版
発行発売　株式会社 リフレ出版
〒112-0001　東京都文京区白山 5-4-1-2F
電話 (03)6772-7906　FAX 0120-41-8080
印　　刷　株式会社 ブレイン

ISBN978-4-86641-678-6 C0292
Printed in Japan 2023